Lundi : Les vacances sont terminées.

Les jouets sont en place dans le placard. La maison est en ordre. Maintenant il faut partir en classe.

— Viens-tu à l'école avec moi ? demande Martine à son frère Jean.

— Oh non, je préfère jouer avec Patapouf.

— Alors, tu ne seras jamais un savant !

Le chemin de l'école tourne devant le moulin, saute par-dessus le pont.

Justement voici le vieux meunier :

— Pourquoi es-tu si pressée ? demande-t-il à Martine en déposant son sac.

— Parce que je vais à l'école.

— Et que fais-tu à l'école ?

— J'apprends à calculer, à écrire sur mon ardoise et à lire dans mon livre de lecture.

Sur le mur de l'école, un chat noir passe toute la journée à se chauffer au soleil. Il a l'air de dire : « Entre, Martine, entre. C'est ici qu'on apprend l'alphabet. Je voudrais bien être à ta place, mais je ne suis qu'un petit chat qui ne sait ni *a* ni *b*. Cela doit être agréable d'aller à l'école ! Seulement voilà, un chat n'apprend pas à lire. »

Dans la cour de récréation la maîtresse attend Martine. Et aussi Marie-Claire, Bernard et tous ses amis.

— Bonjour, Martine, dit la maîtresse. T'es-tu bien amusée pendant les vacances ?

— Oh oui, j'ai été à la mer, chez mon oncle François. J'ai fait une promenade dans son bateau avec Nicole et Michel et nous avons visité le port.

— La cloche sonne. Venez, il est temps de se mettre en rang et d'entrer en classe.

Mardi : A l'école Martine a son porte-manteau et son pupitre. Sur le mur il y a un tableau noir et une boîte de craies.

Martine écrit une addition au tableau :

— 3 + 2 = 5, dit Martine.

— Pourvu qu'elle ne se trompe pas! pense Marie-Claire.

Toute la classe écoute la leçon de Martine.

Mercredi : Martine apprend à tricoter.

Un point... deux points... Il faut se dépêcher de finir une aiguille.

— Je tricote un bonnet pour Françoise, dit Martine.

— Qui est Françoise ? demande Marie-Claire.

— C'est ma poupée. Celle qui a un chapeau neuf et des boucles d'oreilles.

— Voilà une boule de laine qui ferait bien mon affaire, pense le chat de l'autre côté de la fenêtre.

Jeudi : Il est midi.

Les élèves quittent l'école en courant. Le chat bondit. Les oiseaux s'envolent par-dessus la haie.

— Au revoir, Martine, crie Marie-Claire. C'est congé cet après-midi. Allons-nous jouer à la maison ?

— Oui, je viendrai avec mon frère Jean. On s'amusera tous les trois.

Jeudi après-midi : Marie-Claire, Martine, Annie et Jean jouent à cache-cache dans le jardin.

— Viens par ici, derrière les fleurs.

— Attends-moi! J'ai perdu ma chaussure, dit Jean tout à coup.

— 21. 22. 23, compte Marie-Claire.

Vite, Martine, Annie et Jean se sont cachés :

— Hou-Hou, ça y est! tu peux chercher, Marie-Claire.

Vendredi : Tout le monde est de retour à l'école.

Martine écrit sur son cahier. Écrire est amusant. Mais il faut faire bien attention. Il s'agit de ne pas dépasser la ligne rouge et de mettre un point sur le *i*.

Le cahier de Martine a cinquante pages. Il est plus gros que celui de Marie-Claire. Sur la couverture, Martine a écrit son nom : ainsi tous les élèves reconnaissent le cahier de Martine.

Samedi : Martine récite sa leçon.

— Je vais t'apprendre l'alphabet, dit la maîtresse. *a... b... c... d... e...*

— Be, ba, bi, bo, bu, font les oiseaux de l'autre côté de la fenêtre ouverte.

— Qu'est-ce que cela veut dire ? demande le merle en penchant la tête sur le côté.

— Cela veut dire, répond le moineau, que l'hiver approche ; les feuilles vont jaunir, elles vont tomber des arbres et il neigera bientôt sur la campagne.

A dix heures, Michel et Bernard jouent aux billes dans la cour de récréation.

— Une bille de verre coûte cher, dit Bernard, il ne faut pas les perdre.

— J'en ai acheté 5 hier.

— Moi, je préfère la verte avec du rouge au milieu.

— Viens danser à la corde tout près du banc, dit Martine à Marie-Claire.

Lorsque Martine a fini de sauter à la corde, elle monte sur le banc :

— Maintenant nous allons chanter ensemble. Un, deux et trois :

Il était un soldat de bois
dedans la caserne du roi
qui ne savait pas sa leçon.
Le roi l'apprit et, de sitôt,
il l'enferma dans son château...
et ron, et ron, et patapon.

Le soir, l'école est finie. Martine retourne à la maison. Le chat, qui ronronne au pied du petit mur, lui dit :

— Bonsoir, Martine. Combien font deux et deux ?

— 2 + 2 = 4. Tu as 4 pattes. Il y a 3 canards au milieu de l'étang et 1 merle dans le cerisier.

— Tu en connais des choses. Qui t'apprend tout cela?

— C'est écrit dans le livre de calcul, répond Martine.

— Maintenant, dit Martine, vite à la maison.

En chemin elle rencontre Médor et Patapouf qui se promènent par là. (Médor, le chien de la ferme, est l'ami de Patapouf. Ils sont toujours ensemble).

— Qu'est-ce qu'un *a* ? demande Médor.

— Et un *o* ? dit Patapouf.

— Dans chocolat, il y a un *a* et deux *o*, répond Martine.

— Cela doit être vraiment bon, dit Médor, qui n'en sait pas plus que l'âne Califourchon.

Dans le jardin du boulanger, Pierrot ramasse des pommes. Il appelle Martine :

— Raconte-moi une histoire.

— Eh bien, asseyons-nous là.

Martine ouvre son livre de lecture et lit :

— Il y avait dans un jardin une fleur si petite et qui sentait si bon que tout le monde avait le cœur content. Le soleil et la rosée l'aimaient beaucoup. Ils venaient l'embrasser tous les matins.

Enfin Martine arrive à la maison. Elle est heureuse de revoir sa maman et son petit frère qui l'attendent :

— Tu sais, dit Jean, j'ai réfléchi. Demain j'irai à l'école avec toi.

— Alors nous allons faire notre devoir ensemble.

— Mettons notre tableau près de la fenêtre.

— J'écris les additions, et tu me donnes la réponse... Cela n'est pas difficile !

Et le lendemain, sur le chemin des écoliers, Pierrot, Jean et Martine rencontrent le meunier :

— Où allez-vous tous les trois ? demande celui-ci.

— A l'école de Martine, pour apprendre à lire l'histoire de la fleur qui sentait si bon, répond Pierrot.

— Et moi, pour devenir un savant.

— Alors, dit le meunier, dépêchez-vous, mes petits, sinon vous allez être en retard.

http://www.casterman.com
D'après les personnages créés par Gilbert Delahaye et Marcel Marlier / Léaucour Création.
Imprimé en Italie. Dépôt légal : mars 2002 ; D. 2002/0053/42.
Déposé au ministère de la Justice, Paris (loi n° 49.956 du 16 juillet 1949 sur les publications destinées à la jeunesse).
ISBN 978-2-203-10152-4